L'INOCULATION.

POËME.

A MONSEIGNEUR

LE DUC D'ORLEANS.

Par M. POINSINET le jeune.

Principiis obsta : sero Medicina paratur,
Cum mala per longas , invaluere moras.
OVIDE.

A PARIS,

M. DCC. LVI.

AU LECTEUR.

J'IGNORE de quel nom le Public honorera
le Poëme que je lui préfente ; il paraîtra fans
doute bien long pour une matiere auffi féche,
auffi peu fufceptible d'agrément que l'eft l'Inoculation. Peut-être quelques-uns m'auraient-ils
confeillé de m'étendre d'avantage, peut-être bien
auffi jugera-t-on que j'ai trop embraffé d'objets ;
mais qu'il me foit permis de rapporter ce petit
trait d'Hiftoire. Le Grand Milton avait été fi
frappé de la beauté d'une piece Italienne qui traitait
de la chûte du premier homme, qu'il forma le
projet d'enrichir le théâtre de Londres d'une Tragédie fur une matiere auffi intéreffante pour tout
l'Univers. Il jetta rapidement fes premieres idées ;
mais fon vafte génie pouvait-il être renfermé dans
les bornes étroites d'un Poëme Dramatique ? Il
vit bien-tôt ces mêmes idées s'agrandir ; il faifit
de nouveaux rapports, les beautés nâquirent fous
fa plume, & du plan d'une fimple Tragédie, il
en réfulta ce Poëme admirable, le chef-d'œuvre
du Génie, dont cependant Milton eut beaucoup
de peine à trouver cent écus, tandis que de nos
jours on en gagne près de vingt mille avec des
Ouvrages bien moins eftimables.

Combien de Poëtes, fans être dignes même
d'être nommés après le Grand Milton, ont fuivi
fon exemple dans leurs travaux ! Dans le mo-

ment où l'on conçoit un plan, on ne le confi-
dere prefque jamais que fous une de fes faces, les
autres fe découvrent dans l'exécution ; on s'y attache, & l'amour-propre qui vous défend de
laiffer votre ouvrage imparfait, vous engage in-
fenfiblement à en traiter toutes les parties.

Pour moi qui n'entre qu'à peine dans la carriere
des Arts, affez Philofophe pour applaudir à la
prudente fermeté de Monfeigneur le Duc d'Or-
leans, l'honneur que j'ai d'être attaché à fa Mai-
fon par ma famille, m'ordonnait d'aimer affez
la gloire de ce généreux Prince pour hazarder
de la chanter. Déja je me difpofais à obéir à des
devoirs fi chers, & je m'attachais à la compofi-
tion d'une Ode, quand un homme de qualité, M.
le Marquis de Ximenès, en fit paraître une fur le
même fujet. Cette nouveauté me déconcerta fans
pourtant me décourager. Mes yeux s'ouvrirent,
& juftement étonné qu'aucun Poëte Anglais n'ait
confacré les beautés de fon Art à développer l'ef-
fence & l'utilité de l'Inoculation, qui fleurit dans
les murs de Londres, autant qu'elle le devrait
faire à Paris, fi le peuple qui a le plus d'efprit,
avait en même-tems le plus de raifon : j'ai cher-
ché des lumieres, je me fuis appuyé fur de folides
confeils ; enfin j'ai ofé l'entreprendre. Telle aride
que cette matiere paraiffe à la premiere infpection,
j'ai cru découvrir en l'examinant qu'elle fournif-
fait des détails hiftoriques de la Philofophie, du
fentiment des images, & qu'elle était par conféquent fufceptible de Poëfie ; j'ai pû me tromper,

incedo per ignes suppositos cinere doloso. Mais enfin j'ose tout espérer de la bienveillance des Français, s'ils considerent que mon zele pour un Prince qu'ils réverent & mon amour pour la Patrie ont seuls dicté cet Ouvrage, & s'ils veulent le lire moins en Critiques, qu'en Citoyens.

Comme mon Poëme auroit perdu la plus grande partie du faible mérite qu'il peut avoir, s'il eût tardé plus long-temps à paraître, j'ai cru que la route la plus courte seroit la meilleure pour moi, & je l'ai choisie ; ainsi sans puiser dans les trésors du Merveilleux, sans m'attacher à nul Episode poëtique, j'ai simplement divisé mon Ouvrage en trois Parties.

Dans la premiere, j'examine rapidement l'origine de la petite Vérole en Arabie, ses progrès, & je m'attache à peindre quelques-uns de ses effets. Cette Partie où j'ai dû même charger les tableaux pour faire valoir les oppositions, n'est sûrement pas la plus agréable, aussi est-elle la plus courte.

Dans la seconde, je crayonne l'origine poëtique de l'Inoculation, la maniere d'inoculer, ses effets, ses succès, & le détail des contrées où cet Art est le plus en vigueur. C'est ici que je crains d'avoir semé moins de fleurs que d'épines, & que la peine du Poëte ne nuise au plaisir du Lecteur : quoiqu'il en soit, cette seconde Partie est celle qui m'a couté le plus de peine ; il serait cruel pour moi que ce fût précisément celle qui fît le moins de plaisir. Dans un Poëme sur l'Inocution, il était jufte que l'on apprît ce que c'était qu'inoculer, c'eft ce que j'ai voulu faire; mais on fçait que la Poëfie la plus didactique, laiffe toujours de l'obfcurité. Un Poëte fuppofe toujours que l'on doit voir avec la même rapidité qu'il voit lui-même ; & d'ailleurs il ne dit que ce qu'il peut ; ainfi après avoir lû mon Ouvrage, s'il refte encore des nuages dans l'efprit de mes Lecteurs fur l'Art que je leur chante, je les prie de faire attention qu'il ferait bien difficile de cultiver fructueufement la terre, ce qui n'aurait lû que les Géorgiques de Virgile.

Enfin dans la troifieme & derniere Partie, après avoir établi fidelement les objections que quelques perfonnes oppofent à l'Inoculation, je cherche à les combattre. La Dialectique mife en vers, n'eft pas, je l'avoue, fort agréable, quelquefois même elle eft obfcure, parce qu'il eft très-difficile, à moins d'être familier avec la matiere, de faifir dès la premiere lecture la chaîne du raifonnement & le rapport de toutes les idées ; il faut être bon Phyficien pour entendre rapidement Lucrece, & toutes les beautés de Pope ne frappent pas du premier coup d'œil. J'ai vu des gens qui ne concevaient rien au Poëme de la Religion & de la Grace, Ouvrages dignes de l'immortalité : ils ofaient prefque dire qu'il ne s'y trouvait aucune fuite. Je les ai engagés à les relire, non pas une fois, mais quatre s'il le fallait, jufqu'à ce qu'ils les compriffent, & j'ai découvert qu'à la fin non-feulement ils les comprenaient très-bien, mais même qu'ils ne les pouvaient plus quitter.

Il ne reste plus qu'à découvrir au Public le motif qui m'a déterminé à employer les rimes redoublées. C'est le premier Poëme en vers Alexandrins que je sçache où l'on en ait fait usage; mais en osant m'attacher à cette nouveauté, je n'ai fait qu'exécuter ce que bien des Amateurs de la Poësie avaient conçu. Les rimes plates me paroissaient appartenir simplement à ce genre Dramatique, où l'Auteur doit en quelque façon négliger la belle harmonie pour s'approcher le plus qu'il peut du ton de la conversation noble. Un Héros qui donnerait ses ordres en rimes redoublées, serait tout aussi ridicule qu'un Roi qui se poignarde en chantant. Enfin quand le Poëte fait parler, il doit s'approcher de la simplicité; mais quand il parle lui-même & en son nom, comme dans l'Epopée, le Didactique, l'Héroïque, il doit déployer toutes les beautés de la Poësie, & j'avoue que la monotonie de ces rimes plates qui tombent toujours deux à deux, me semble être le motif caché du dégoût que beaucoup de personnes, & sur-tout nos Dames, ont à lire les vers héroïques, tandis qu'elles dévorent avidement des petites Epîtres, des Tronchinades, & autres puérilités. Le Français n'a pas la tête poëtique, il faut l'enchaîner par les sens; un raisonnement, une tirade sur les mêmes rimes, le force à la lire toute entiere; il le fait sans dégoût, il passe à l'autre, & enfin il le trouve avoir lû tout le Poëme sans s'en être apperçu lui-même ; c'est ainsi du moins que le pensaient Chapelle, la Fare & Chaulieu.

L'INOCULATION.
POËME.
A MONSEIGNEUR
LE DUC D'ORLEANS.

PREMIERE PARTIE.

Hommage au Prince : Expofition : Origine de la petite Vérole : Ses progrès dans l'Univers : Ses effets.

TOI que le fort plaça fur les dégrés du Thrône,
Pour relever encor fon augufte fplendeur,
Toi qui fçut faire aimer la fuprême grandeur,
En ne laiffant briller l'éclat qui t'environne
Qu'à l'égal des vertus qui diftinguent ton cœur.
PRINCE, au deffus du rang où le Ciel t'a fait naître,
Les tems font arrivés, nos vœux font accomplis,

B

L'ignorance & l'erreur vont enfin difparaître,
Leur regne a trop long-tems deshonoré nos lys ;
De la raifon déja le flambeau fe ranime,
Le Français éclairé léve un œil curieux ;
Il voit ton fils, il fent ta fermeté fublime,
Un Prince Philofophe, un Pere généreux,
Eft l'immortel objet de fa nouvelle eftime ;
C'eft un rayon divin qui défille fes yeux,
Dans la nuit du néant le préjugé s'abîme,
La vérité triomphe, & le Peuple eft heureux !

O modéle des grands ! permets à mon audace
D'allumer aujourd'hui l'encens fur tes autels,
Laiffe ceindre ton front des lauriers du Parnaffe,
Sans être teints de fang, ils feront immortels.
Dans ce hardi projet fecondés ma jeuneffe,
Du nom de mon Héros rempliffez l'univers,
Volez, Mufes, quittez les Rives du Permeffe.
Que l'on chante par-tout, où regne la Sageffe,
Les vertus de Philippe, & mon zéle, & mes vers.
Et toi, dont les faveurs, dont la voix féduifante
Dès mes plus jeunes ans égara mes efprits,
Immortel Apollon, c'eft ton art que je chante,
(1) Ce grand art, que la Grece adora dans ton fils ;
D'un foufle Créateur échauffe mes écrits,
Qu'ils frapent le vulgaire & foient prifés du fage.
De nos jeunes beautés, qu'ils charment les fouhaits,
Elles ne craindront plus ce monftre, dont la rage

_____

(1) Efculape, Dieu de la Médecine, fils d'Apollon & de la
Nymphe Coronis.

Au Printems de leurs jours moiſſonne leurs attraits ;
Eſculape a dompté ſes fureurs criminelles ,
Il n'a pû l'étouffer ; mais lui dictant des loix ,
Il affermit le ſceptre entre les mains des belles,
Rend un fils à ſon pere , & des ſujets aux Rois.

(1) Du centre des déſerts de l'inculte Arabie ,
Quelle ſombre vapeur s'exhale dans les airs !
De nuages épais les aſtres ſont couverts ,
Le jour s'éclipſe , il fuit , l'atmoſphere obſcurcie ,
Ne laiſſe plus briller que le feu des éclairs.
Tout-à-coup le nuage & groſſit , & s'avance.
La terre l'enfanta , le ſoleil le condenſe ,
Son ardeur le reſſerre & n'offre plus aux yeux ,
Que l'immenſe contours d'un globe ténébreux :
Il s'ouvre ; quelle horreur , quel monſtre épouvantable !
C'eſt le fils de la mort que nous vomit l'enfer.
Il s'élance ſur nous , Dieux ; ſa gueule effroyable ,
Eſt d'un poiſon mortel la ſource intariſſable.
De cet hydre effrayant qui pourra triompher ?
Il baigne dans le ſang ſes aîles meurtrieres ;
De ſon haleine impure , il infecte les Cieux.
Son corps , eſt tout couvert de jauniſſans ulcéres ,
D'où d'écoule ſans ceſſe un fiel contagieux ,
Lui-même , il s'en repaît , lui-même , s'enſanglante ,
Se déchire , & toujours l'Ange exterminateur ,

(1) Il eſt conſtant par le tém gnage de l'Hiſtoire & de la Médecine que la petite vérole nous a été apportée par les Arabes. J'entends parler de l'Arabie déſerte.

Lui porte fous les flancs une torche brûlante ;
Qui ranime fa rage, & nourrit fa douleur.
Tout meurt, tout va mourir, tout céde à fa fureur.
Femmes, enfans, vieillards, malheureufes victimes.
Vous levez vers les Cieux vos regards effrayés,
Sous vos fables brûlans vous cherchez des abîmes,
Et vous trouvez partout la mort que vous fuyez.

Mais, c'eft peu d'infecter les déferts d'Arabie,
(1) Et les bords de l'Euphrate, & l'opulente Afie.
Dans les airs empeftés le monftre prend l'effor.
Il couvre l'horifon de fes aîles fanglantes,
Et des Rives du Nord, jufqu'aux Zones brûlantes,
Il exhale la Pefte, & fait naître la mort.
Le monftre eft effrayé de fa propre furie.
(2) Il fuit de l'Orient, s'élance en Iberie
Pour la feconde fois il traverfe les mers,
(3) Et vole avec Cortez dans un autre univers.

Laiffez, Mufes, laiffez tomber ma main tremblante.
De mes fens défolés, n'augmentez point l'horreur ;
Non, vos rayons divins n'éclairent plus mon cœur,
Non, je ne puis tracer la peinture effrayante

---

(1) Euphrate, grand Fleuve d'Afie, qui prend fa fource au
Mont Ararat, & fe jette dans le Golfe Perfique.

(2) Iberie, nom que l'Efpagne tenait d'Iberus, fils d'Ifpal, qui
l'avait gouvernée.

(3) Fernand, Ferdinand ou Hernan Cortez, Gentilhomme Ef-
pagnol, natif de Medellin, le premier, le plus grand & le plus ca-
lomnié de tous les Conquérans de l'Amérique. Ce ne fut point
Cortez qui porta la petite vérole dans le nouveau monde, mais Chrif-
tophe Colomb qui en fit la découverte en 1492. J'ai cru pouvoir
fubftituer le Conquérant au fimple Navigateur.

D'un mal, dont j'ai moi-même éprouvé la fureur.
Qui peut, fans s'abreuver de fes larmes ameres,
Voir tomber de l'Etat les têtes les plus cheres ?
De la Patrie, hélas ! c'étoit l'unique efpoir.
Ils euffent combattu, vaincu, péri pour elle ;
Moins fier dans fes travaux, mais égal dans fon zéle,
Cet autre aux Citoyens eut dicté leur devoir.
L'un dût vaincre en Héros, l'autre penfer en fage.
Défendez, Dieux vengeurs, votre plus bel ouvrage ;
Et toi, fils de Venus, veille fur la beauté.
Elle affure ton culte, en offrant ton image.
Viens purger l'univers de ce monftre indompté.
Ce n'eft qu'aux humains feuls que s'acharne fa rage.
(1) Plus fortunés que nous ces groffiers animaux,
Tandis que nous mourrons, moiffonnent la verdure.
Ils jouiffent en paix des dons de la nature
Et goutent nos plaifirs, fans éprouver nos maux.
    Ciel, quel affreux tableau de l'humaine mifere!
Chloé leve en pleurant fa pefante paupiere.
Sur un lit douloureux fon beau corps étendu
Veut envain ranimer fes forces chancellantes ;
Son fang fe précipite en fes veines brulantes,
Il s'élance, il s'arrête, il refte fufpendu.
Son cœur eft palpitant, le fiel fort de fa bouche.
Chloé, l'objet des vœux de mille Adorateurs,
Qui du tendre Damon vient d'embellir la couche,

---

(1) Je ne dis point que les animaux foient exempts de toutes
les maladies épidémiques, mais feulement qu'ils le font de celle-ci,
qui eft une des plus cruelles.

Au printems de fes jours, au faîte des honneurs,
Chloé.... de ton état Efculape s'effraye.
Quoi, cet œil féduifant où fe cachait l'amour,
Il s'obfcurcit, fe ferme à la clarté du jour.
Déja ton corps n'eft plus qu'une livide playe.
Mais pourquoi te baigner toi-même dans ton fang?
Tu ronges tes liens, tu déchires ton flanc.
Ah! ne redoubles point l'horreur de tes fupplices.
Tu ne fentiras plus flotter tes blonds cheveux,
A ta vive blancheur fuccede un rouge affreux,
Et ton teint, fillonné de larges cicatrices,
N'offre plus aux Amans qui fervaient tes caprices,
Qu'un cadavre animé, dont l'afpect odieux
De la Nature entiere épouvante les yeux;
Hélas, de tant d'attraits, quel refte déplorable!
Damon, dont on trompait les tranfports affidus,
Damon veut s'affurer du malheur qui l'accable:
Il vient; quel objet s'offre à fes yeux éperdus!
Quoi, ce feroit Chloé! fon cœur en doute encore.
Il baigne de fes pleurs l'Amante qu'il adore,
Il la tient dans fes bras, & ne la connaît plus.
Telle eft dans nos Jardins cette Rofe nouvelle,
Dont la grêle ou les vents ont flétri les attraits.
L'amoureux Papillon vole cent fois près d'elle;
Mais envain il la cherche, envain elle l'appelle:
Trop rempli de l'éclat qui flattait fes fouhaits,
Sans ceffe il la regarde, & ne la voit jamais.
  Où guidez-vous, grands Dieux, cette Mere éplorée?
Les Airs font ébranlés de fes lugubres cris.

Elle porte en ſes bras une Fille adorée ,
Elle implore Apollon , elle invoque ce Fils
(1) Que lui-même arracha des flancs de Coronis ?
D'aucun ſuccès , hélas , ſa plainte n'eſt ſuivie ,
Et les Dieux , & les Arts , tout devient impuiſſant.
(2) Eſculape a pû rendre Hypolite à la Vie,
Et ne peut à la Mort arracher Egerie !
Mais quel autre tableau , d'où naît ce cri perçant ?
Ce n'eſt plus la Beauté dont on pleure l'outrage.
Près d'un Fils expiré , c'eſt un Pere expirant.
Il perd d'un tendre amour le plus précieux gage ,
Lui-même il eſt atteint du poiſon dévorant,
Il voit périr ſon Fils , & meurt en pleurant.
(3) Quel ſpectre oſe quitter le ténébreux rivage !

(1) Appollon ayant appris que cette Nymphe lui avoit manqué
de foi , en s'abandonnant à Ichis , fils d'Elate , la tua & arracha de
ſon ſein ſon fils Eſculape.

(2) Hippolite , fils de Théſée , déchiré par un monſtre marin ,
envoyé par Neptune , ſur les rives de Trezenes , fut reſſuſcité par Eſculape.

(3) Quel Lecteur ne me pardonnera point cette courte épiſode ;
elle eſt dictée par la plus juſte douleur. Pouvais-je penſer à la petite vérole ſans me repréſenter ſans ceſſe qu'elle m'a ravi le plus ancien , le plus cher de mes amis , Simon-Pierre Chauchot , Sous-
Conſtructeur des Vaiſſeaux du Roi , l'un des plus habiles Mathémati-
ciens de nos jours : il avait enſeigné cette Science dès ſa dix-hui-
tieme année ; la mort le priva d'être couronné pour la ſeconde fois
par l'Académie des Sciences. Il avait fait un voyage au Canada par
ordre des Miniſtres : il eſt mort de la petite vérole le 4 Juin 1755 ,
âgé de 23 ans , monté ſur le grand Palmier , l'un des Vaiſſeaux du
Roi qui cinglaient vers Lisbonne , & emporta dans la mer qui lui
ſervoit de tombe l'eſtime & les regrets de tous les Citoyens capa-
bles de juger de ſon mérite , MM. Bouguer , Duhamel , d'Alem-
bert , &c.

C'eft vers moi qu'il s'élance.... Arrête, je me meurs....

Quoi, cher ami, c'eft toi! Dieux qui voyez ma rage,

Jugez s'il m'eft permis d'étouffer mes douleurs.

C'eft peu d'être accablé de fa noire furie;

Votre Monftre a pris foin d'éternifer mes pleurs:

Il vient de m'arracher la moitié de ma vie.

Je ne partage plus cette ame fi chérie,

Je ne le verrai plus.... Vous qui lirez ces Vers,

Pardonnez aux tranfports de mon ame attendrie;

En perdant mon Ami, c'eft un Dieu que je perds.

Au printems de fes jours, utile à fa Patrie,

Sur fon front triomphant des lauriers toujours verds;

Pour la feconde fois fe plaifaient à renaître :

Nos Vaiffeaux par fes foins allaient couvrir les Mers;

Lui-même il y volait pour l'honneur de fon Maître,

Quand la Mort vint trancher un deftin auffi beau,

Et du plus tendre Ami, du plus digne de l'être,

La dévorante Mer fut l'effrayant tombeau.

(1) Eh qui pourrait fournir cette horrible carriere!

Qui pourrait détailler les ravages, l'horreur,

Et du nouveau Pithon la rage meurtriere!

Rois & Sujets, tout céde aux traits de fa fureur;

Il infecte à la fois le Throne & la Chaumiere.

Tel aux Champs de Quito, lieux aujourd'hui déferts,

Lieux que d'un Dieu vengeur détruifit la colere,

(1) Ce ferait ici l'occafion de parler de M. le Duc de la Tre-
mouille, mort de la petite vérole en Mai 1741, entre les bras de la
plus tendre époufe & du funefte événement de 1711, & je l'aurais
faifi fans doute fi je n'euffe craint de réveiller les plus juftes douleurs.

Les

Les fiers Américains ont pû voir dans les Airs,
Les Autans furieux ramaffer des tempêtes,
Un nuáge enflâmé couvre leur Univers,
La Foudre gronde, roule, éclate fur leurs têtes,
Et pour fondre fur eux, n'attend plus les éclairs,
La grêle par torrents fe répand fur la Terre.
Dans fon fein déchiré cent gouffres font ouverts.
Les Elémens encor fe déclarent la guerre,
Près de fes Dieux brulans le Prêtre renverfé,
Des vengeances du Ciel redoute un grand exemple.
Là s'embrafe un Hameau, plus loin s'écroule un Temple,
Sous fes lambris dorés le Prince eft écrafé,
Les Filles, les Soldats, & l'Efclave, & le Maître,
Egarés, confondus, furieux de périr,
Sous un roc, dans un antre, où le jour craint de naître,
Courent, fuit le trépas, qu'il vont chercher peut-être ;
Et meurent mille fois de la peur de mourir.

C

SECONDE PARTIE.

Un Dieu combat le Monſtre : On previent ſa
fureur : Découverte de l'Inoculation : Ma-
niere d'inoculer : Ses effets : Pays où cet Art
fleurit, &c.

DEs que l'aſtre du jour a diſſipé l'orage,
Dès qu'un calme ſerein ſe répand dans les airs ;
Des oiſeaux amoureux, on entend le ramage,
L'homme ſent dans ſon cœur renaître le courage,
Et l'eſpoir & la paix raniment l'Univers.
Telle fut en nos jours l'allégreſſe du ſage.
(1) Depuis plus de mille ans ſes yeux baignés de pleurs,
Ne ſe pouvaient ouvrir ſur ſa triſte Patrie,
Sans rencontrer par-tout un théâtre d'horreurs,
Ou du fils d'Atropos triomphait la furie.
(2) Mais des Peuples du Nord il entend les concerts.
Bien-tôt ſon cœur, frappé d'un rayon de lumiere
Se ferme aux ſouvenirs des maux qu'il a ſoufferts.
Pour combattre le Monſtre, un Dieu deſcend ſur terre.
Il le preſſe, il l'atteint, il le charge de fers.
Tel l'intrépide Hercule au centre des Enfers,
Deſcendit tout vivant pour enchaîner Cerbere.

(1) La petite vérole n'eſt connue en Europe que depuis le com-
mencement du ſixieme ſiécle.
(2) Les Anglais, les Danois, les Irlandais, &c.

Le Monstre est terrassé, l'immortel est vainqueur.
Lui voyez-vous traîner ses flancs sur la poussiere.
Il ne peut écraser sa tête sanguinaire ;
(1) Mais il soumet au frein sa barbare fureur.
Chantez, Français, chantez, c'est le Dieu d'Epidaure.
Peut-on le méconnaître à ces traits glorieux.
C'est lui, son art divin vient démentir encore,
Les décrets du destin, & la mort, & les Dieux.

Tout enchaîné qu'il est le Monstre ouvre ses aîles ;
Il cherche à les étendre, il peut nous en couvrir.
Mais nous ne craignons plus ses blessures mortelles.
NYMPHES, séchez vos pleurs, vous serez toujours belles.
Envain des maux qu'il souffre, il prétend vous punir.
Pour braver à jamais ses atteintes cruelles,
Soumettez-vous à l'art qui les sçait prévenir.
Gardez-vous d'écouter ce Docteur mercenaire,
Qui voudrait dans l'erreur replonger le vulgaire.
Croyez-en nos écrits, l'exemple, & vos ayeux.
Nul mortel ne peut fuir ce mal contagieux,
Il l'apporte en naissant, il le tient de sa mere.
(2) Pour un seul, dont il a respecté la carriere,
Qui prévient, en mourant, le moment douloureux,
Où dans ses flancs brûlés, le poison furieux
Allait développer sa fureur nécessaire :
Combien de Citoyens sont péris sous vos yeux,

(1) L'inoculation ne nous souftrait point au joug de la petitevé-
role, elle en adoucit le venin, & le force à fermenter en tel tems
& de telle & telle façon.

(2) En général personne n'est exempt de la petite vérole, &
l'on pourrait affirmer que ne point l'avoir eu, c'est être mort avant
que le germe se soit développé.

C ij

Que d'enfans ont coûtés des larmes à leur pere !
On vient tarir vos pleurs, on fait taire vos cris.
On vous rend vos attraits, vos époux & vos fils.
A peine échappent-ils des mains de la nature,
(1) Tandis que de leur sang la route est encore sûre,
On y fait circuler le poison dévorant.
Pour les guérir d'un mal, Apollon le leur donne,
Il épure le fiel, dont ils les empoisonne,
Et fait mourir son germe, en le développant.
Ainsi quand de ses jours la trame est altérée,
L'homme prodigue alors de son dangereux sang,
Veut en le répandant prolonger leur durée,
Et pour sauver sa vie il épuise son flanc.

Dans l'onde la plus pure Artemire baignée,
Fait couler en son sein une fraîche liqueur ;
Esculape l'approche, il rassure son cœur,
(2) Et cache entre ses mains une étouppe impreignée
De ce même venin si funeste aux appas,
Artemire le voit ; mais d'une ame assurée,
Et dès que de son sang la masse est épurée,
Un acier salutaire entr'ouvre son beau bras.
Dans la playe à l'instant l'étouppe est insérée,

(1) L'âge le plus favorable pour l'Inoculation est sûrement celui
où la masse du sang est la plus pure : ne seroit-ce point depuis 5 ou
6. jusqu'à 15 ou 16 ans, je dis pour les hommes ; car la nature a
condamné les Dames à quelques autres précautions.

(2) J'appelle étouppe, l'assemblage des fils de coton impregnés
de la matiére varioleuse prise d'un bouton mur d'une petite vérole,
soit spontanée, soit artificielle, que l'Inoculateur insere dans l'inci-
sion qu'il a faite dans la partie externe du bras au-dessous du tendon
du muscle deltoïde. *Voyez* les différens écrits sur l'inoculation.

Et ce fiel, jufqu'alors principe du trépas,
Dans un corps où fa route eft déja préparée ;
(1) Coule, altere le fang, mais ne le corrompt pas.
A l'art qui l'a dompté, fa violence céde,
Et des maux qu'il caufait il devient le remede.
(2) Ainfi cet animal venimeux, infecté,
Dont un trépas certain fuit de près la morfure,
Ecrafé fur la playe en guérit la bleffure,
Et lave de fon fang le fiel qu'il a jetté.
(3) Mais huit fois de la nuit l'inégale courriere,
Dans les Cieux obfcurcis prend fon rapide effor,
Et le Soleil, huit fois nous rend à la lumiere ;
Avant que le poifon ait rompu la barriere,
Que la peau d'Artemire oppofe à fon effort.
Il arrive à la fin ce jour fi cher pour elle.
Tout le venin s'écoule, & n'eft plus dangereux.
Bien-tôt elle reprend fa force naturelle,
La paix eft dans fon cœur, & la joye en fes yeux,
Chaque inftant lui redonne une grace nouvelle,
Efculape à jamais affure fes beaux jours,
Artemire fe voit, fe retrouve plus belle,

(1) Il n'en réfulte ni inflammation, ni pourpre, ni fcorbut, ni playes, ni tumeurs, &c. Elle ne défigure point, & délivre les malades de cette terrible fiévre fecondaire qui arrive dans le tems de la fuppuration de la petite vérole fpontanée.

(2) Le Scorpion.

(3) L'éruption fe fait ordinairement au bout de 9 jours. Les Anglais croyent le fujet hors de tout danger, quand elle commence. Les Français croyent ne devoir dater leur fuccès que du jour où elle finit.

Et jouit de l'espoir de l'être pour toujours.
Consacrons par nos chants les plaisirs de ce pere ;
Il vole vers sa fille, il l'a prend dans ses bras,
Et voit avec transport qu'elle va toujours plaire.
Il craignait sa laideur autant que son trépas :
Hélas, pour l'arracher à l'affreuse misere
Le Ciel ne lui donna que d'innocens appas,
Et dans ces jours cruels, les mœurs, le caractere,
La vertu n'est plus rien où la beauté n'est pas :
Ici la tendre sœur court embrasser son frere.
Voyez ce rejetton d'un rameau glorieux,
Jeune enfant, seul espoir d'une famille entiere,
On craint que du poison la fureur ordinaire
N'ensevelisse en lui le nom de ses Ayeux.
Esculape prévient ce sacrifice affreux,
Il le sauve ; il le rend aux larmes de sa mere.
Ah, de cet Art divin protégez les succès,
Grands Rois, vous peuplerez vos Empires de Belles.
Vous rendrez à l'Etat des Citoyens fideles,
Et verrez chaque jour augmenter vos Sujets.
　　Saisissons d'un coup d'œil les deux bouts de la Terre,
Tel que l'Astre éclairé de ses propres rayons
Frappe tous les regards des traits de sa lumiere ;
Tel nous verrons déja cet Art si salutaire
Ebloüir, enchanter toutes les Nations.
Quel monument s'éleve au sein de l'Angleterre ?
(1) En son honneur enfin un Temple est érigé.

(2) On fonda à Londres en 1746. une Maison de charité pour inoculer les Pauvres. Ce fut-là que l'Evêque de Worcester fit ce

(1) Dans ſes nouveaux Etats *Fréderic* le révere.

(2) Aux Plaines du Brabant je le vois protégé ;

(3) Et le triſte Germain que le poiſon dévore,

Ètonné des ſuccès du grand Art qu'il ignore,

Secoue en ſa faveur le joug du préjugé.

  Et vous, dont la ſcience eſt ſublime & profonde,

De la jalouſe Europe attire les regards :

(4) Fortunés habitans de l'Orient du Monde,

Chez qui brule à jamais le flambeau des beaux Arts,

Faites briller l'éclat de celui que je chante.

Eh qui peut mieux que vous éclairer les Français?

Citez-leur, pour prouver ſa vertu triomphante,

Quatre ſiécles entiers témoins de ſes ſuccès ;

Montrez-leur qu'à *Pekin*, c'eſt par l'ordre du pere

Que le fils au berceau reſpire le poiſon.

Que c'eſt pour conſerver cette tête ſi chere,

Qu'il ſoumet la tendreſſe aux loix de la raiſon.

Nymphes de Circaſſie, Eſclaves adorées,

ſermon juſtement fameux pour exciter la charité des Anglais en faveur de l'Inoculation.

  (1) Le Roi de Pruſſe la protége & la fait exercer avec ſuccès,
tant dans ce Royaume, que dans celui de Siléſie. On ne devoit rien
moins attendre d'un Prince Philoſophe.

  (2) Le Brabant Hollandois.

  (3) L'Allemagne.

  (4) Les Chinois, Peuple le plus ancien & le plus ſçavant du
monde. On inocule à la Chine depuis un tems immémorial. La méthode de leurs Docteurs conſiſte à inférer dans le nez des enfans
l'étouppe impregnée de la matiere varioleuſe réduite en poudre. Ils
appellent cela, ſemer la petite vérole.

(1) Et vous fieres Beautés des rives de Cyrus,
Pour charmer à jamais nos ames raffurées,
Etalez à nos yeux un peuple de Vénus.
C'eſt à cet Art vainqueur que vous devez vos charmes;
Par lui de Mahomet les puiſſans Succeſſeurs
Dépoſent à vos pieds & leur ſceptre & leurs armes,
Contens du ſeul eſpoir de mériter vos cœurs.
(2) Mais c'eſt trop célébrer & l'une & l'autre Aſie,
(3) Un tableau plus touchant au ſein de l'Auſonie,
Doit fixer des Français les regards attendris.
Pleines d'un juſte eſpoir, voyez ces tendres meres
Bravant de leurs époux les défenſes ſéveres,
Elles-mêmes la nuit *inoculer* leurs fils.

Dans les murs de Paris ſous les yeux de la France,
Cet Art étale enfin ſes ſuccès éclatans :
(4) Comte, pour t'aſſurer un éternel printems,

---

(1) Riviere d'Aſie, autrement appellée *Kur;* elle prend ſa ſource au Mont Caucaſe, & arroſe toute la Georgie ; les Circaſſiens, les Georgiens, & les autres Peuples voiſins de la Mer Caſpienne, ont adopté l'inoculation pour conſerver la beauté de leurs filles, qui fait toute la richeſſe du pays ; quoiqu'ils les vendent pour-tant aſſez bon marché aux Turcs & aux Perſans. Ce commerce-là ne doit point étonner les Européens depuis qu'ils font preſque tous celui des Négres : tel qui vend un homme pour en faire un eſclave, pourrait très-bien, ce me ſemble, vendre une femme pour en faire une Reine. Sa religion & ſa probité n'en ſeroient pas plus outragées.

(2) L'Aſie Majeure & l'Aſie Mineure.

(3) Dès que l'inoculation fut connue en Italie, les meres, à Milan, frappées de ſon utilité, inoculerent elles-mêmes leurs enfans pendant la nuit, & tromperent ainſi le courroux de leurs maris, dont l'ignorance aveuglait la tendreſſe.

(4) Louis-Marie Foucquet, Comte de Gizors, fils unique du Maréchal Duc de Belle-iſle, s'eſt fait inoculer à l'âge de 24 ans,

Il ne t'en a coûté qu'un inftant de fouffrance;
Tu conferves tes jours, tu rends à l'efpérance
L'héritiere du nom, & des appas d'Hortenfe,
Suit déformais le cours de tes deftins brillans;
Vole, & que fous tes loix nos Soldats triomphans
Du grand Belle-Ifle en toi retrouvent la vaillance.
Mais qui t'a pû donner des exemples frappans,
Qui t'a de ce grand Art démontré l'excellence?
C'eft un Prince, un Héros dont la tendre prudence
Pour les fauver tous deux y foumet fes enfans.
Peu fenfible aux clameurs d'un Peuple téméraire,
Toujours prompt à blâmer ce qu'il ne comprend pas;
Il penfe en Philofophe, il fe conduit en pere;
Et tel ce cédre altier qui touche le Tonnerre
Des Aquilons fougueux dédaigne les combats;
Tel mon Héros permet le murmure au vulgaire.
Le fuccès va bien-tôt confondre fes éclats.
Levons les yeux, voyons fon augufte famille.
Dans leurs regards ferains, c'eft la fanté qui brille;
Ils vivront ces enfans, & c'eft pour nous aimer.
Rendons graces à l'Art qui les a fait renaître,
Et chantons ce Héros que je n'ofe nommer....
Mais que dis-je? à ces traits qui le peut méconnaître?
C'eft *Philippe*, la gloire & l'appui de nos Lys;
C'eft l'ame de mes Vers, mon Bienfaiteur, mon Maître,

avec le plus grand fuccès, par M. Hofti. Il a époufé en 1753. Helene-
Julie-Rofalie-Mazarini Mancini, fille aînée du Duc de Nivernois,
& defcendante par conféquent d'Hortenfe Mazarini Mancini, niéce
du Cardinal Mazarini, juftement fameufe par fa beauté, fon efprit,
fes malheurs, & par la Profe de S. Evremond.

Qui rend à nos transports, & sa fille, & son fils.

Hélas, parmi ces cris & ces chants d'allégresse,
Quand Philippe est content, quand au gré de nos vœux
Le jour de la raison se montre à tous les yeux,
Pourquoi suis-je accablé d'une sombre tristesse?
Ah! pour un cœur Français sans doute il est affreux
De ne devoir cet Art si grand, si salutaire,
(1) Qu'à ces fiers ennemis, à ces brigands des Mers ;
Peuple qui se croit libre & qui traîne des fers,
Républicains soumis, dont l'injuste colere
Ose attaquer la France, ose insulter l'Ibere ;
Tyrans, dont les fureurs, dont les cruels excès,
Dont le nom s'est plus fait haïr dans l'Amérique
(2) Que ne le fut jamais Pizare ni Cortès.
Humiliez, grands Dieux, leur orgueil tyranique ;
Semez, semez toujours sur cette Nation
Cet esprit de discorde & de sédition.
Que l'Anglais forcené lui-même se détruise,
Et de son propre sang rougisse sa Tamise;
Mais des Français plutôt secondez les transports.
Si jamais de nos Lys l'éclatante Banniere
De l'Océan troublé franchit les vastes bords,

(2) M. Hosti, Docteur Régent de la Faculté de Medecine, fut
envoyé en Angleterre par ordre du Gouvernement, pour examiner
l'Inoculation, & c'est aux succès rapides qui l'ont frappé dans cette
contrée, que nous devons ses écrits & les heureuses tentatives qu'il
a fait en France, ainsi que les Docteurs Tronchin & Mati. Ainsi
c'est aux Anglais que nous devons la pratique de cette opération.

(1) *Voyez* l'Observateur Hollandais. Français Pizaro, Espagnol,
Conquérant du Pérou, aussi cruel & barbare que les les Péraviens
étoient humains, sages & sinceres.

Vous verrez sous le fer tomber cette Isle altiere.

Ton heure est arrivée, orgueilleuse Albion,

Bien-tôt tes murs brulans, bien-tôt Londre écrasée,

Vont offrir le tableau de Lisbonne embrasée,

De l'Epire détruit, de Carthage rasée,

Et des débris fumans de l'antique Illion.

Mais prévenez plutôt ces publiques miseres.

S'il en est tems encor, Anglais ouvrez les yeux,

Et vous, mes chers Français, montrez vous généreux,

Pardonnez, dans vos mains éteignez vos tonnerres.

Quel sage Citoyen n'aspire au jour heureux

Où ces rivaux altiers s'embrasseront en freres!

Les Arts régnent dans Londre, ils régnent à Paris,

Et ces sçavans voisins seraient toujours aigris :

Non, vous futes amis, vous pouvez l'être encore.

Dieux, de ce jour de paix, quand brillera l'Aurore!

Ne verrai-je jamais ces fieres Nations

N'écouter que la voix des Arts qui les animent,

Eteindre le flambeau de leurs divisions,

(1) Et s'aimer toutes deux autant qu'elles s'estiment?

(2) Je sçai que plusieurs Dames, aussi distinguées par leurs charmes, que par leurs noms, se sont déja faites ou se vont faire inoculer ; mais un Poëte ne dit que ce qu'il peut : il m'était impossible de rendre justice séparément aux quatre que j'ai l'honneur de connaitre : ainsi j'ai crû devoir peindre simplement une belle femme inoculée, & comme ces héroïnes de la raison ne se cedent en rien, soit en mérite, soit en appas, j'espere qu'elles voudront bien se réconnaitre toutes dans le portrait d'Artemire.

TROISIEME PARTIE.

La Renommée pénétre au Palais de l'Igno-
rance : Elle annonce que Philippe a fait
inoculer ses Enfans : Tumulte que ce rapport
éleve : Objections : Réponses : Conclusion.

(1) C'Eſt en vain qu'à Paris le plus grand des Valois
Ranima des beaux Arts la tige abandonnée.
(2) HENRY les cultiva pour aſſurer leurs droits,
(3) Richelieu fit fleurir leur palme fortunée,
Et pour mieux les forcer à ſe parer de fruits,
(4) Colbert les couronna ſous les yeux de LOUIS ;
Il eſt encor, il eſt dans le ſein de la France,

(1) François I. grand Roy, brave Général, malheureux Soldat ;
fonda le Collége Royal, protégea les Sçavans, & fut ſurnommé le
Reſtaurateur des Sciences.
(2) Henry le Grand, le pere de la Patrie, adoré pendant le cours
de ſa vie, regretté long-tems après ſa mort : ces deux idées font plus
que l'éloge d'un Roy. Lui-même, il s'adonna à l'étude des Arts.
(3) Armand-Jean Dupleſſis, Cardinal, Duc de Richelieu, fonda
l'Académie Françaiſe, le Jardin du Roy, l'Imprimerie Royale, ré-
tablit la Sorbonne ; il eſt Auteur de la Méthode des controverſes,
ſur les principaux points de la foi, des Devoirs du Chrétien, d'un
Teſtament politique dont M. de Foncemagne a prouvé l'autenticité
contre M. de V***.
(4) Jean-Baptiſte Colbert, l'un des plus grands Miniſtres de la
France, y attira ſous le regne de Louis XIV. des Peintres, des Ma-
thématiciens, fit fleurir les Arts, établit des Académies, récompenſa
les Sçavans, leur fit des penſions ; mais il chargea Chapellain d'en
faire la liſte, où l'on oublia le grand Corneille, qui pour-tant l'année
d'enſuite, partagea auſſi les faveurs du Roy.

Quelle honte pour nous ! un Palais révéré ,
Et du peuple crédule à jamais adoré,
Là fur un thrône d'or repofe l'ignorance.
La fortune à fes pieds, enchaîne l'opulence ;
Et tandis que l'erreur, au front audacieux,
Dans des fentiers obfcurs égare fa faibleffe,
Le Préjugé lui tient un bandeau fur les yeux,
Que n'ofe déchirer la ftupide Déeffe.
L'ambition, l'envie & leurs vils Sectateurs
Encenfent fes autels ; ce n'eft pas qu'ils l'adorent,
Mais fon faux zéle fert aux feux qui les dévorent,
Et livre à leurs projets d'infenfés protecteurs.

La Déeffe, fa fuite, & fes fujets fidéles,
S'endormaient au récit de leurs exploits divers ;
Quand tout-à-coup un bruit fe répand dans les airs,
Et ce Monftre à cent yeux, à cent voix, à cent aîles,
(Sa tête touche aux Cieux & fes pieds aux Enfers,)
Perce du temple obfcur les voûtes éternelles.
» Va, c'en eft fait, dit-il, fuis l'empire des lys,
» On détruit tes autels, on brave ta puiffance,
» Philippe pour jamais vient d'éclairer la France.
» Nous ne devrons les jours de fon précieux fils,
» Qu'à cet Art triomphant, dont tu crains l'excellence,
» Fuis de ces murs, te dis-je, où viens de fa prudence
» Admirer les fuccès & contempler les fruits.

O Mufe ! c'eft à toi de peindre le tumulte,
Les querelles, les cris, les plaintes, les fureurs,
La rage où ce récit entraîne tous les cœurs.
On s'affemble, on propofe, on raifonne, on confulte,

On veut, on ne veut plus, P** femmes, Docteurs;
Pour servir leur Déesse, unissent leurs erreurs.
Quand triomphant enfin d'un sommeil lhétargique,
Et cachant de son cœur les mortels déplaisirs,
L'ignorance se leve, & d'un ton dogmatique,
Laisse échapper ces mots à travers ses soupirs.
» Ainsi, contre cet Art, si fatal à ma gloire,
» J'ai voulu vainement soulever les Français.
» Tronchin, Hosti, Jurin, remportent la victoire;
» Et contre mes efforts, font parler leurs succès.
» O mes sages Gaulois! que de vous eut pû croire,
» Que pour sauver des fils, objets de ses souhaits,
» Un pere de leurs jours hasarderait le terme,
» Et dans leurs jeunes flancs irriterait le germe
» De ce mal, que peut être, ils n'auraient eu jamais.
     A ce discours altier qui voudrait nous confondre,
La Condamine, Hosti, daignerez-vous répondre?
Faut-il donc répéter ce qui s'est dit cent fois?
Ecoute, de ce fiel terrible, inévitable,
O toi, dont l'ignorance emprunte ici la voix.
Tu nourris dans tes flancs le levain redoutable.
Mais, supposons encor, que pour toi favorable
La nature déroge à ses séveres loix,
Quelle t'exempte enfin d'un mal si déplorable.
Tu ne peux pressentir les volontés du sort.
Tu trembles, tu languis dans une affreuse attente
Du Monstre que tu crains, le seul nom t'épouvante.
Et tu passes ta vie, à redouter la mort,
Assure ton repos par un trait de prudence.

Ne crains rien, fi le fiel n'infecte point ton fang,
S'il en a jufqu'ici refpecté la fubftance.
L'Art, que j'ofe vanter, n'aura pas la puiffance
(1) D'irriter un poifon qui n'eft point dans ton flanc.
Comparons à préfent cette faible fouffrance,
Aux plaifirs, aux tranfports, à la vive affurance,
Au calme, qui fuccéde à ton affliction.
Ton cœur ne s'ouvre plus qu'à la douce efpérance.
Tu braves, & le Monftre, & la Contagion,
Et jouiffant en paix, d'un fort digne d'envie.
Tu vois fuir loin de toi, le terme de taire.
(2) Tel ce Roi, fi long-tems redouté des Romains,
De fucs empoifonnés s'abreuvant dès l'enfance,
Dans l'hyver de fes ans, bravait leur violence,
Jufqu'à devoir fa vie aux plus mortels venins.
    Mais que veut oppofer cette mere timide :
» Hélas ! fi de votre Art, j'implore le fecours,
» Si j'y foumets mon fils, & que le fiel perfide
» Circulant dans fon fang en arrête le cours,

(1) Une des grandes objections eft la crainte de donner à un enfant un mal qu'il n'aurait peut-être jamais eû : voici une expreffion de
doute, voici un raifonnement clair : ou il aura la petite vérole, ou
il ne l'aura pas. S'il doit l'avoir, vous lui rendez la vie ; s'il ne doit
point l'avoir, vous n'hafardez rien, puifque l'infertion du venin ne
peut qu'irriter le germe de celui qui eft dans le fang ; or s'il n'y en a
pas, il ne pourra pas être irrité ; donc, il ne réfulte de cette opération
qu'une parfaite tranquillité, qui n'a coûté qu'une douleur plus légere
qu'une faignée.

(2) Mithridate, Roy du Pont. Ce ne fut qu'à l'âge de 33 ans
qu'il s'habitua aux poifons, au point qu'à la fin de fa vie, il en fai-
fait mettre dans tous les plats qu'on lui fervoit. Il avoit compofé
un Traité de *arcanis morborum*.

» (1) S'il meurt? vous me rendez moi-même parricide,

» C'eſt moi qui fait trancher le fil de ſes beaux jours.

O mere, à ce reproche où ſe peint la tendreſſe !

Je reconnais ton ſexe, & je plains ta faibleſſe.

Que d'exemples frappans calmeront ton effroy.

Vois Geneve, Berlin, Londres, Rome, l'Aſie,

Ces Peres, ces Epoux, l'honneur de leur Patrie,

Qui tous de ce grand Art ont reconnu la loi,

Les crois-tu moins prudens, ou moins tendres que toi.

Leve, leve les yeux, vois l'effrayant ravage,

Vois la mort dévaſter tout l'Empire Ottoman.

Le Monſtre oſe infecter juſqu'au thrône d'*Oſman*,

Dix mille malheureux ſont frappés par ſa rage ;

Détourne les regards de ces lieux déſolés,

Admire comme nous l'Art du Dieu d'Epidaure,

De trois mille ſujets dans Londres *inoculés*,

Vois s'il en eſt un ſeul qui ne reſpire encore.

Des humains quelquefois les deſſeins ſont troublés,

Notre attente, il eſt vrai, peut n'être pas remplie ;

Ton fils peut expirer. Tel eſt l'arrêt du ſort.

Tout homme dans ſon ſein apporte avec la vie

Le principe fatal qui le traîne à la mort.

Mais, dis moi, quand des vents l'impérieuſe rage ;

---

(1) Une mere peut craindre de donner la mort à ſon fils ; je lui réponds d'abord par des faits. En 1724 il y eut une épidémie en Turquie, qui emporta plus de dix mille Citoyens : voilà l'effet de la petite vérole ſpontanée. En 1747. M. Ranby, premier Chirurgien du Roy d'Angleterre, inocula 827 ſujets. En 1752, 1000. & 1200 en 1754. ce qui fait 3027 perſonnes inoculées, ſans qu'il en ſoit morte une ſeule. Voilà le ſuccès de la petite vérole artificielle.

Sur

Sur la tranquille Seine éleve mille flots ;
N'as-tu jamais franchi l'un & l'autre rivage ?
La mort peut cependant t'attendre sous les eaux ;
Qui te fait hasarder ce périlleux passage ?
L'exemple, la raison, ton guide, ton courage,
Et voilà ce qui doit décider les Français :
(1) L'exemple & la raison, voilà les Dieux du Sage.
   Choisis un guide sûr, dont les nombreux succès
Chaque jour des Sçavans attirent le suffrage.
Et gardes-toi sur-tout de livrer tes enfans
A ce bruyant troupeau d'Esculapes naissans,
Tu vois contre cet Art combien ils se soulevent,
L'intérêt va bien-tôt diviser leur parti.
Consulte Kirk-Patrick, Hosti, Tronchin, Mati,
Vernage, Astruc, ou ceux que leurs mains nous élevent.
Suis leurs conseils, alors pour l'objet de tes vœux,
Ton cœur ne craindra plus un avenir affreux.
   De l'Art dont nous jugeons, analysons l'essence.
Son succès quel qu'il soit ne doit point étonner,
C'est l'Art même, c'est lui qu'il faut examiner ;
Et quand de son principe on connaît l'excellence,
Ce n'est plus aux effets à nous déterminer,
Sans cesse dans l'erreur ils pourraient entraîner ;
Un seul jour détruirait quarante ans de prudence,
(2) Et d'un Artiste obscur la fatale ignorance

(1) L'exemple est ici pris pour l'expérience ; il est sûr que l'expérience & la raison sont les seuls motifs qui doivent déterminer ; si la crainte arrêtoit toujours, on ne feroit jamais rien, puisqu'il n'y a pas une seule action de la vie qui ne puisse être essentiellement suivie d'un accident qui conduise à la mort : c'est à la raison à examiner l'action, & à l'expérience à en prouver l'excellence & la sûreté.

(2) Telle facile que soit à comprendre la méthode de l'Inocu-

E

Avilirait un Art qu'on allait couronner.

Le gouvernail en main, ce Nautonier habile
Trompe des Aquilons la fureur indocile
Son vaisseau vole au sein des humides déserts,
Et brave les rochers, les gouffres & les mers :
Tandis que vil jouet du plus leger orage,
Le Pilote imprudent va chercher les écueils,
Il craint la pleine mer, & se brise au rivage.
Neptune sous les flots lui creuse cent cercueils.
Ainsi dans ses travaux l'indocile ignorance
Au sein du succès même appelle les hasards,
Tandis que le bonheur s'attache à la prudence.
Le Pilote est l'Artiste, & le vaisseau les Arts.
J'entends crier au loin un enfant d'Esculape :
» J'adopterai votre Art, j'en croirai vos discours,
» (1) Si trompant les fureurs du Monstre qui nous frappe,

lation, elle exige de la prudence & des soins ; ainsi l'on doit craindre qu'elle ne soit point pratiquée par d'habiles gens : le mérite de l'art dépend des talens de l'Artiste, & si cette pratique devient générale, comme il y a lieu de l'espérer, on doit redouter que le Peuple, pour épargner une modique dépense, n'ait recours à des Charlatans, qui, aussi mal instruits de cette opération qu'ils le sont de toutes les autres, dépeupleraient l'Etat, au lieu d'en conserver les appuis. Cette reflexion n'est malheureusement que trop juste, & nos yeux n'en ont que trop vû la preuve dans d'autres maladies peu différentes de celle dont je parle.

(1) Voici l'objection triomphante : la petite vérole artificielle, disent quelques-uns de nos Docteurs, ne délivre point de la petite vérole spontanée ; on a écrit pour prouver cette proposition ; on est même parvenu à la persuader aux Lecteurs qui n'étoient pas sur leurs gardes. J'y réponds d'abord par ce raisonnement : Le germe de la petite vérole, renfermé dans notre sein, doit fermenter lorsqu'il s'y trouve forcé par tel ou tel principe ; alors où il fermente foiblement, c'est-à-dire, toute la masse du poison n'est pas irritée & repoussée au-dehors, l'éruption n'est que légere ; le sujet n'a, pour ainsi dire, que

» L'homme peut par vos foins les braver pour toujours,
» S'il fe purge à jamais de fon fiel redoutable ;

cette petite vérole volante que les Anglais déterminent mieux par
le terme de *Swine pox*, & il doit craindre cette maladie non pas encore une fois feulement, mais jufqu'à ce que le poifon fe foit tout-à-fait
écoulé, & ait purgé la fubftance de fon fang : au contraire, fi toute
l'éruption fe fait réellement dès la premiere attaque, fi la fermenta-
tion eft totale, le fujet ne doit pas craindre de rechûte. Les perfonnes
qui foutiennent que l'on a plufieurs fois la petite vérole, prouvent
elles-même la mineure de ce raifonnement, & M. C***. convient
que celles qui ont été fujettes à ces accidens, n'ont été le plus cruelle-
ment travaillées de cette maladie, & n'en ont gardé les traces les
plus frappantes, que de la derniere rechûte ; ce qui prouve que dans
les premieres attaques, le poifon n'avoit que foiblement fermenté,
& qu'il a développé toute fa fureur dans la derniere. Il s'agit d'éta-
blir à préfent fi la petite vérole inoculée irrite affez le venin pour
en purger à jamais : l'expérience ici parle auffi haut que la raifon.
Ce n'eft point un air contagieux à peine refpiré, une légere indif-
pofition, une foible analogie d'alimens, c'eft une longue & fage pré-
paration ; c'eft le fiel lui-même que l'on introduit dans le fang ; c'eft
de l'huile que l'on jette dans les flammes, peut-elle ne les point ral-
lumer. Enfin le Parlement de Londres a approuvé la publication d'un
prix de 200 guinées au premier Medecin de l'Europe, qui démon-
treroit que le même fujet a eu deux fois la petite vérole, fans que la
feconde foit une conféquence de la premiere. Un Chirurgien d'un
village aux environs de Londres, enivré du defir de gagner cette
fomme, écrivit en 1754. qu'il traitoit de la petite vérole un enfant
qui avoit été inoculé : on le cita, il fut interrogé par le Parlement, &
le malheureux avoua qu'il ne fçavoit pas diftinguer ces deux efpéces
de maladies. Il y a 33 ans que l'on inocule en Angleterre, & l'on
n'a pas encore vû un feul exemple de rechûte. Pour s'en affurer
davantage, le Docteur Mati s'eft inoculé lui-même ; je crois qu'on
ne peut rien répondre à ce fait.

Puifque ma remarque eft déja longue, qu'on me permette encore
ce trait ; toutes les nouveautés ont été combattues en France. Quand
on a commencé à prendre du tabac, on excommunia à Paris tous
ceux qui en prenoient dans les Eglifes : on fit de nombreux écrits
pour & contre ; & en 1699. M. Fagon, alors premier Médecin du
Roy, n'ayant pû fe trouver à une Théfe de Médecine contre le
tabac, à laquelle il devoit préfider, en chargea un autre Medecin de
fes amis, dont le nez ne fut pas d'accord avec fa langue ; car en mon-
tant en chaire il commença par en prendre, & ne ceffa pas peu-

» Mais s'il fuccombe encore à la contagion ;

» Votre Art eft inutile autant que condamnable.

Toi-même , à ton difcours fais-tu réflexion,

Impérieux Docteur, toi qui paffes pour fage ?

Tu fçais que ce poifon dont on craint le ravage,

N'eft qu'un levain d'humeurs qui doit avoir fon cours.

Et foit qu'il nous attaque à la fleur de notre âge,

Soit enfin qu'il attente à l'hyver de nos jours,

Dès qu'il a pris l'effor, ou fes fureurs trop lentes,

Tout-à-coup dans nos flancs ceffant de fermenter,

Laiffent toujours fon germe en nos veines brulantes,

Alors pour l'homme encor il eft à redouter,

Où dès le premier choc prompt à nous infecter,

Il bouillonne , il s'enflâme, il fe répand , il roule ;

Nos corps empoifonnés languiffent fous fes coups ;

Alors tout le poifon fe diffipe, s'écoule,

Et l'homme ne craint plus fon barbare courroux.

De notre Art à préfent, vois quelle eft la puiffance.

Il prépare les corps, il épure le fang,

Il irrite du fiel toute la violence,

Et le force lui-même à purger notre flanc.

En ofes-tu douter ? examine , contemple,

Parcours Geneve & Londre ; armes-toi de garans,

Et je me tiens vaincu par tes fiers argumens,

Si tu peux en trente ans m'en citer un exemple.

Va je découvre trop tes deffeins criminels,

dant tout le tems que dura l'Acte : on prétend même qu'il en pre-
noit d'autant plus , qu'il s'échauffoit à argumenter contre. Ne feroit-
ce pas là le modéle du Médecin qui écrit contre l'inoculation après
en avoir éprouvé les fuccès.

L'indigne jaloufie eft le Dieu qui t'éclaire ;
Fuis, & laiffe avancer du fond du Sanctuaire
Ce Miniftre zélé de nos facrés Autels.
» Je n'examine point, dit-il, avec prudence
» Si votre Art nuit à l'homme, ou le peut conferver,
» Je tiens qu'il eft impie, & le dois réprouver,
» (1) Puifqu'il tente de Dieu l'augufte Providence.
Arrête, ce fophifme a trop eu de fuccès,
Il a trop aveuglé nos crédules Français,
Il eft temps d'y porter une invincible attéinte.
Quoi, verrons-nous toujours par les yeux de la crainte
Cet être bienfaifant que tu peins fi cruel ;
Ce Dieu qui foutient l'homme, & non pas qui l'accable,
Qui couronne le jufte, pardonne au coupable
A fes regards dis-tu l'on fe rend criminel,
En prévenant l'effor d'un mal inévitable,
(2) Mais toi, quand du foleil la bienfaifante ardeur,
Ranime du Printems la force triomphante,
Tranquille, tu jouis d'une fanté conftante.
Le calme eft fur ton front, & n'eft plus dans ton cœur,
Toi-même, je te vois te créer mille peines.
Des plantes par tes foins, le fuc eft exprimé.
Tu le fais circuler dans ton fein allarmé,
Tu fais jaillir ton fang de tes tremblantes veines....

---

(1) Cette objection eft celle des perfonnes plus pieufes que mé-
thaphificiennes ; on les peut raffurer en leur apprenant qu'en 1723.
neuf des plus fameux Docteurs de Sorbonne ont figné que cette
opération étoit licite dans la vûe d'être utile au Public.

(2) Les faignées & les purgations de pure précaution marquent
une défiance de la Providence divine, qui eft criminelle dans le
fiftême de ceux qui allèguent cette objection.

Malheureux quels forfaits viens-tu d'exécuter ?
Toi, qui nous peins d'un Dieu la main appefautle,
Tu l'outrages toi-même, & tu l'ofes tenter.
Contre les maux divers dont tu crains la furie,
Tu cherches du remede, il n'en faut apporter,
Qu'alors que la mort même attaquera ta vie.
(1) Imite ce Dervis de fon Dogme entêté,
Qui comme toi foumis aux décrets immuables,
Porte un cœur calme au fein des tourmens effroyables,
En refpectant l'arrêt de la fatalité.
Ah ! fi l'on en croyait ton dangereux fyftême,
Si follement féduit d'un ridicule efpoir,
Crainte de tenter Dieu, l'homme à charge à lui-même,
Attendait tout du Ciel, & n'ofait rien prévoir?
Que de maux effrayans détruiraient la nature !
Les plaines, les vergers, languiraient fans culture.
Verrait-on par les foins du prudent Laboureur,
Circuler dans nos champs cette onde qui ferpente,
Et toujours de la terre entretient la fraîcheur ?
Tranquille en fon hameau le froid cultivateur,
Attendrait que du Ciel une pluye abondante
Vint d'un foleil brûlant tempérer la chaleur:
Sans chercher à connaître, & l'un & l'autre Pôle,
Sans prévenir les vents, fans prendre les hauteurs;
Le Pilote infenfible à de juftes terreurs,
Se confiant en Dieu briferait fa bouffole :
Que dis-je, tu fçais trop dans quelle nuit d'erreurs.

(1) Prêtres des Turcs. Ils portent l'entêtement de leur dogme de
la fatalité, jufqu'à fe laiffer mourir de la pefte, plutôt que de fe re-
tirer d'un pays qu'elle commence à ravager.

Cet imprudent espoir, cette crainte frivole,
Ce fatal Quiétisme entraînerait les cœurs.
Ne réponds qu'à ce trait, si cet Art salutaire
Eut d'un Dieu tout-puissant allumé la colére,
S'il en eut condamné les criminels progrès :
Parle, en eut-il permis les éclatans succès?
Va, loin de l'outrager nous lui rendons hommage?
Notre Art est un rayon de sa Divinité.
En conservant en nous son plus brillant ouvrage,
Il assure son culte, & sert à sa bonté.
Mais, que fais-je, est-ce moi céleste vérité,
Qui doit de tant d'erreurs extirper les racines.
Est-ce à moi d'éclairer nos aveugles Docteurs.
Les enfans d'Apollon, nés pour cueillir des fleurs,
Doivent-ils si long-tems errer dans les épines.
Non, non, j'ai trop pâli sur de vains argumens.
Laissons, Muses, laissons le soin de leur répondre
A ce prudent Hosti, dont les soins vigilans,
Dont les succès nouveux, sçauront bien-tôt confondre
L'impérieux orgueil de leurs raisonnemens.
(1) Et toi, sçavant Tronchin, toi dont la France entiere
Eleve le triomphe & le nom jusqu'aux Cieux.
L'ami de *Boerhaave*, & celui de *Voltaire*,
De notre ame craintive à surpassé les vœux,
Tu nous a conservé ce trésor précieux,
Ces tendres rejettons d'une tige si chere.

(1) M. Tronchin, fameux Médecin Génevois. C'est lui qui a inoculé Monseigneur le Duc de Chartres & Mademoiselle sa sœur : il est éleve du grand Boherhave, & c'est de lui dont M. de Voltaire fait l'éloge dans sa Lettre à M. Rousseau de Geneve.

Courez, heureux enfans, embrasser votre pere,
Il vous donna la vie, il a fait plus encor,
Il enchaîne à vos pieds, & la crainte, & la mort,
Vous lui devez deux fois ce jour qui vous éclaire.
Remplissez son espoir, vivez pour l'imiter.
Pour consacrer l'éclat de cet Art salutaire,
Qu'à mes Concitoyens ma voix osa chanter.
Et toi, réponds aux vœux de mon ame attendrie,
Pour l'honneur de mes Vers consens à ton bonheur,
Couronne mes travaux, ô ma chere Patrie,
Et par ces foibles chants laisse toucher ton cœur.
Déja loin de mes yeux j'ai vû fuir la barriere,
C'en est fait, j'ai rempli ma pénible carriere.
Belles, à qui j'apprends l'art de l'être toujours,
Assurez mon triomphe en étalant vos charmes,
Et vous Sages Français, dont j'ai tari les larmes,
Eternisez ma gloire en conservant vos jours.

F I N.